कविता संग्रह

भोलानाथ कुशवाहा

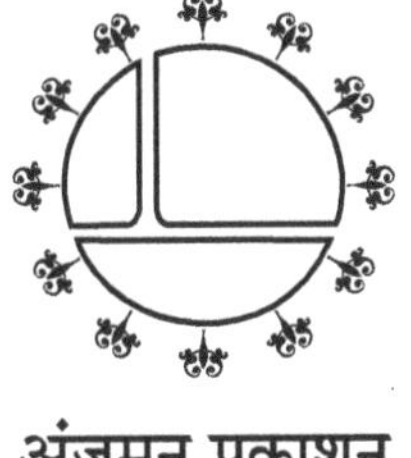

अंजुमन प्रकाशन

वह समय था (कविता संग्रह)

अंजुमन प्रकाशन

942, आर्य कन्या चौराहा, मुट्ठीगंज
प्रयागराज - 211003 उत्तर प्रदेश, भारत
website - www.anjumanpublication.com
E-mail - anjumanprakashan@gmail.com

प्रथम संस्करण, पेपरबैक, अंजुमन प्रकाशन द्वारा 2019 में प्रकाशित
आवरण व टाइपसेटिंग - अंजुमन प्रकाशन, प्रयागराज

ISBN : 978-93-88556-36-1

विविध रंगों से ओतप्रोत कविताएँ

कवि भोलानाथ कुशवाहा अपने पूर्व-प्रकाशित तीन कविता-संग्रहों से हिन्दी जगत् में अपनी अलग पहचान बना चुके हैं। अब वे अपने नये कविता- संग्रह 'वह समय था' को लेकर आये हैं। इस संग्रह की कविताएँ विविध रंगों से ओतप्रोत हैं। इनमें मध्यमवर्गीय समस्याओं का सहज चित्रण है, अतीत की स्मृतियाँ हैं, मोहभंग है, पर्यावरण के प्रति चिन्ता है तो मनुष्य की क्रूर, हिंसक प्रवृत्तियों का अक्स भी। यहाँ अमानुषिक बलात्कार की शिकार निर्भया पर कविता है तो कन्याभ्रूण हत्या पर भी कवि की निगाह गयी है। स्त्री-विमर्श को सामने लाती कई बेहतरीन कविताएँ हैं। कवि पितृसत्ता के बढ़ते प्रभाव से चिन्तित है और यह चिन्ता बढ़ते हुए समाज में व्याप्त धार्मिक अंधविश्वास, अपनी ज़मीन से विस्थापित लोग, तथाकथित राष्ट्रवाद, नकली लोकतंत्र, कंक्रीट के जंगलों की निरंतर बाढ़, चिड़ियों का लुप्त होना, बाज़ार का आधिपत्य और सूखती संवेदनाएँ सब कुछ को समेट लेती है।

लेकिन उसके साथ ही कवि, प्रकृति के साथ तादात्म्य रखते हुए उसके सौंदर्य से विमोहित भी होता है। मनुष्य से मिले अपमान को भूलकर वह अपना कर्म करने से पीछे नहीं हटता..., इस भाव को 'नदी के पाँव' में बहुत ख़ूबसूरती से व्यक्त किया गया है। कवि आशा और उत्साह से लबरेज़ हो नयी रोशनी की आहट महसूस कर उससे ऊर्जस्वित भी होता है। वह प्रेम जैसे कोमल भाव को भी जी रहा है और निजी सम्बन्धों विशेषकर माँ की स्थिति को लेकर 'नॉस्टैल्जिक' हो जाता है। बच्चों पर आज के समय का

जो प्रतिकूल प्रभाव पड़ रहा है वह उससे परेशान है।

भोलानाथ कुशवाहा का कवि, पत्रकार की तरह समाज में होने वाली उथल-पुथल पर संवेदना से भरपूर पैनी निगाह रखता है इसलिए पाठक इनकी कविताओं में स्वयं को देखते हुए जुड़ाव महसूस करते हैं, यह उनके कविता-कर्म की विशेषता है। मैं इस संग्रह के माध्यम से कविता के नये सोपान की ओर अग्रसर होते कवि भोलानाथ कुशवाहा को हार्दिक बधाई और शुभकामनाएँ देता हूँ।

उद्भ्रान्त

(रमाकान्त शर्मा 'उद्भ्रान्त')
पूर्व उपमहानिदेशक दूरदर्शन
महानिदेशायल,
वरिष्ठ साहित्यकार

25 जुलाई 2019
बी-463, केन्द्रीय विहार
सेक्टर-51, नोएडा

विचार

"सामाजिक विषमताजन्य विसंगतियों का जैसा सरोकारीय ख़ाका खींचा है, मन-मस्तिष्क को गहरे झकझोर गया।"

- चित्रा मुद्गल (वरिष्ठ कथाकार)

'कब लौटेगा नदी के उस पार गया आदमी' कविता-संग्रह पर प्रतिक्रिया

"कविताएँ वर्तमान जीवन की विद्रूपताओं- विडम्बनाओं के ख़िलाफ़ खड़ी होकर एक प्रतिरोधी स्वर रचती हुई अपने समय से सार्थक हस्तक्षेप करती हैं।"

- डॉ0 पुष्प पाल सिंह

दैनिक जागरण, पुनर्नवा

"मनुष्यधर्मी कविताओं में प्रगतिशील मानवीय मूल्यों की स्थापना की कोशिश दिखाई देती है।"

- वेद प्रकाश सिंह (इंडिया टुडे, 20 जुलाई 2019)

'इतिहास बन गया' कविता-संग्रह पर प्रतिक्रिया

"कविताएँ ज़मीन से जुड़ी हैं जो हमें सचेत करती हैं- मानवता की रक्षा के लिए सतर्क करती हैं- विघटित होते मानव मूल्यों के लिए और एक ऐसे वातावरण के निर्माण के लिए प्रेरणा देती हैं जिसमें प्रेम हो, ख़ुशी हो, आनन्द हो।"

- डॉ0 रेनू रानी सिंह

(अध्यक्ष हिन्दी विभाग, पीजी कॉलेज, मिर्जापुर)

सम्मेलन पत्रिका, अंक 17, 2008

'कब लौटेगा नदी के उस पार गया आदमी' कविता-संग्रह पर प्रतिक्रिया

"कविताएँ सिर्फ भाषिक बाजीगारी का चमत्कार ही नहीं दिखातीं बल्कि आज की सामाजिक अराजकता से आहत आदमी में जूझने का जज़्बा भी पैदा करती हैं।"

– राधेश्याम बंधु

(कादम्बिनी, अगस्त-2011)

'इतिहास बन गया', कविता-संग्रह पर प्रतिक्रिया)

"कविताओं में संतुष्टि नहीं बल्कि बेचैनी की झलक दिखाई देती है।"

– डॉ वन्दना मिश्रा

(सरयूधारा, अंक – 26)

'कब लौटेगा नदी के उस पार गया आदमी' कविता-संग्रह पर प्रतिक्रिया)

"संघर्ष के प्रति अपनी प्रकट प्रतिबद्धता के बावजूद कवि कुशवाहा इन्हें नारा या उद्घोषणा बन जाने के लिए विवश न करने और आज के दौर की निरन्तर उग्र और उद्दण्ड होती जाती कविता के बड़बोलेपन से इनके कवितापन को साफ बचा ले जाने के लिए साधुवाद के पात्र हैं।"

– नरेन्द्र तिवारी

(वर्तमान साहित्य, दिसम्बर 2008)

'कब लौटेगा नदी के उस पार गया आदमी' पर प्रतिक्रिया)

"कविताओं को पढ़ते हुए उनमें अन्तर्निहित विद्युतधारा को अनुभव करता हूँ। इनकी कविताएँ सही अर्थ में आधुनिक और समकालीन हैं। यह विद्युतधारा ही इन्हें आधुनिक और समकालीन बनाती है।"

– डॉ0 रमाकान्त शर्मा, जोधपुर

('कविता की लोकधर्मिता' पुस्तक से)

"कवि अपने समय के साथ खड़ा है।"

– डॉ. रमाशंकर शुक्ल

('हिन्दुस्तानी' पत्रिका, अप्रैल – जून- 2010)

"कविताओं में अपने समय के सवालों को बेहद सादगी से प्रस्तुत करने का कौशल दिखता है।"

– अच्युतानन्द मिश्र

(परिन्दे -2009)

'जीना चाहता हूँ' पर प्रतिक्रिया

अपनी बात

मेरा तीसरा कविता संग्रह सन् 2010 में प्रकाशित हुआ था। चौथा कविता संग्रह 'वह समय था' अब सन् 2019 में लोकार्पित होने की स्थिति में आ पाया। इस कविता-संग्रह में इन्हीं बीते वर्षों की रचनाएँ हैं। चूँकि वैचारिक कविताएँ हैं इसलिए इनमें अपने समय की सामाजिक, राजनीतिक, आर्थिक एवं धार्मिक स्थितियों से घर में और सड़क पर जूझते आदमी की अनुगूँज सुनाई पड़ेगी। समय जितनी तेज़ी से बदल रहा है, आदमी की उसके साथ उतनी ही तेज़ी से भागने की मजबूरी भी है। वह सीधा और 'शार्टकट' दोनों रास्ता अपना रहा है। हर कोई डरा है कहीं पीछे न छूट जाए। लोकलुभावन सपनों के साथ भीड़ लगातार आगे बढ़ रही है। सड़कें जाम हैं, रास्ता नहीं सूझ रहा है। पिछली सदी का अकेलापन और गहरा गया है। अब तो आदमी अकेलापन ओढ़-बिछाकर मिलता है। चीख़ तो हर कोई रहा है... मगर सुनने वाला कोई नहीं। सबको अपनी चिन्ता है। एक समय था जब संत कवियों ने रास्ता दिखाया था... अब संत भी अविश्वसनीय हो रहे हैं। पिछली सदी से चलकर इस सदी में आये बदलाव की व्यथा-कथा इस संग्रह की कविताओं में मिलेगी। रचनाकार का दायित्व ही 'रचना' का है। साहित्य का उद्देश्य भी लोकहित है; परन्तु बीमारी के इलाज हेतु एक डॉक्टर की तरह ऑपरेशन के लिए औज़ार का प्रयोग करना भी ज़रूरी है। यह कार्य आसान नहीं, फिर भी कवि मज़बूत प्रतिपक्ष की भूमिका में रहा है और उसने अपने दायित्व का निर्वाह किया है। आज की कविता वही कार्य कर रही है। मेरी कविताएँ भी लोकहित में व्यक्ति और उसके नये समाज के साथ अन्य जिन संस्थाओं का लेखा-जोखा सामने रखने का प्रयास कर रही हैं यदि उन्हें ठीक किया गया तो उनकी सार्थकता है... बस यही उपयुक्त रास्ता भी है, इसी में लोकहित भी है। अन्त में सभी मित्रों, शुभचिंतकों, शुभेच्छुओं और कृपालु पाठकों का आभार।

भोलानाथ कुशवाहा

मो0 9335466414,
9453764968

11 जुलाई 2019
बाँकेलाल टंडन की गली, वासलीगंज,
मिर्जापुर-231001 (उ0प्र0)

अनुक्रम

टूटते हुए

वह समय था - 15
घर ही नहीं - 16
टूटते हुए - 17
मेरे लिए - 19
छूट गये - 20
डिपवाली चाय - 22
उनके साथ - 23
बड़ा हो गया - 25
आओ मेरा स्वागत करो - 26
अपना चेहरा - 27
सुलहनामा - 28

बिना फँसे

भागते समय से - 31
शब्द असहिष्णु नहीं - 33
बिना फँसे - 34
अवमानना - 35
मुर्दा बनाने की कोशिश - 36
पेड़ सूख गया - 37
रोशनी कहाँ है - 38
कुछ टूट रहा है - 40
हमारा वजूद - 41
झण्डों के बीच - 42
उजाले में - 43

कीचड़ में है वह

वापसी - 47
मजबूरी - 48
कीचड़ में है वह - 49
नुमाइश - 50
निर्भया को - 51
उनसे कुछ बातें - 52
नक़ाब फेंको - 53
लौटना नहीं - 54
मुझे जीने दो - 55
स्वयं तय करेगी - 56
औरत - 57
कुछ और बड़ी हो जा - 59

नदी के पाँव

प्रतिरोध की दिशा में - 63
फ़व्वारे के नीचे - 65
नदी के पाँव - 66
सबके लिए - 67
गमले की हरी घास - 68
आदमी से फ़ासला - 69
मैं घण्टाघर चौराहे से बोल रहा हूँ - 70

आकाश से आया देवता

खिड़की से आकाश - 75
काला जादू - 76
आकाश से आया देवता - 77
वह देवता नहीं - 79
पकड़ू सब्जीवाला - 80
राष्ट्रभक्त - 81
सवाल और गहरे - 82
उसी सड़क पर - 83
भारत माता की जय - 84
ख़ून का रंग - 85

अकेला हो गया

बस निकल लिया - 89
नये रास्ते पर - 91
अकेला हो गया - 92
शांति की तलाश - 93
वह मज़दूर है - 94
बादलों के साथ - 96
हमारा समय - 97
अँधेरे से उम्मीद - 98
लोकतंत्र बीच में - 100
बेदख़ल लोगों के साथ - 101
मॉब लिंचिंग - 102
साफ़गोई से - 104

उम्मीद रखिये

साथ-साथ चलते हैं - 109
आओ! उड़ो मेरे साथ - 110
उम्मीद रखिये - 111
नयी रोशनी - 112
जीवन है! - 113
ताकि शुद्ध हवा आती रहे - 114
आओ गढ़ें - 115
तलाश में - 116
मिलकर बचायें - 118
कुछ दूर और चलो - 119
अभी सुन लेते - 121
मेरे मन में - 123
आओ! प्यार-प्यार खेलें - 125
तुम आओगे न! - 127

बिना शीर्षक के

माँ - 131
बच्चे कहाँ हैं - 133
बिना शीर्षक के - 134
वह कहाँ गया - 135
अतीत से बाहर - 136
धरती - 137
आनन्द - 138
एक नदी बहती है - 139
सुनो बसन्त! - 141
अन्त में - 142
नमस्कार - 143

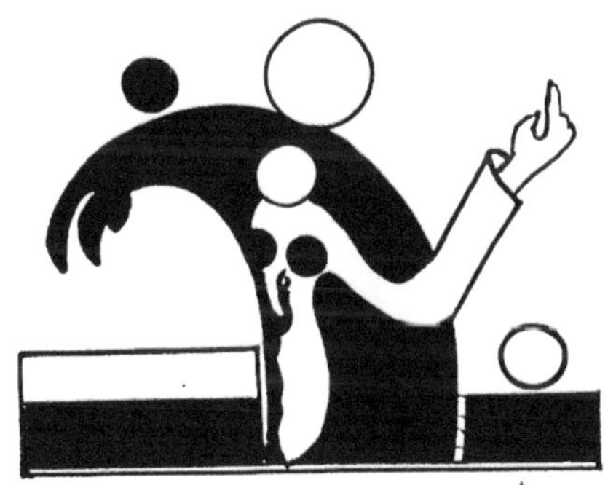

टूटते हुए

वह समय था

वह समय था
जो चला गया
अब उसके बारे में सोचता हूँ
तो आँख भर आती है
वह बहुत अज़ीज लगता है
प्यारा-प्यारा सा
उसके चले जाने का मतलब
एक वैक्यूम
कभी न भरने वाला
जैसे कुछ खो गया है
बहुत क़ीमती
और खोजता रहता हूँ
कभी गली में
कभी चौराहे पर
किसी दुकान में
कि कहाँ छोड़ आया था उसे
आस-पास की हवा
सवाल करती है
कि तब कहाँ थे
जब वह सुबह-सुबह
खटखटा रहा था
तुम्हारा दरवाज़ा
और शाम को भी आया था
यह कहने
कि अच्छा चलते हैं

घर ही नहीं है

एक छत के नीचे
कई दीवारें खड़ी हैं
समझने की कोशिश कर रहा हूँ
पहले यहाँ एक घर था
वह कहाँ खो गया
कुछ चेहरे परिचित-से लगते हैं
आपस में हँसते हैं
गुनगुनाते हैं
मिलना-जुलना
ज़रूरी नहीं समझते
दवा-दारू उनके लिए
कोई गम्भीर मसला नहीं
तोते को खाना देते वक्त
इधर भी एक चक्कर
लगा जाते हैं
तीज-त्योहार, बर्थ-डे में
अपनी सर्किल में
रंगीन हो जाते हैं
बाक़ी दिनों में
ख़ाली हाथ दिखाते हैं

टूटते हुए

पत्ते गिरने लगे
तो सोचना स्वाभाविक था
लोगों का
पेड़ के
अस्तित्व के विषय में
हालाँकि
पत्तों का गिरना
नयी बात नहीं थी
इससे पहले भी
पुराने पत्ते गिरते रहे
नये पत्ते निकलते रहे
और पेड़ गमक उठता था
परन्तु इस बार
लोग जान गये थे
कि पेड़ अन्दर से
खोखला हो चुका है
अब अधिक दिन
टिकने वाला नहीं
इसलिए विषय नया था
कि उसका तना, डाली और जड़ें
किस-किस काम आयेंगी
पेड़ ज़िन्दा था
परन्तु उसको जीवित रखने में
किसी की दिलचस्पी नहीं थी
फिर एक दिन
पेड़ जड़ से उखड़कर गिर गया
और वहाँ
लम्बे समय के लिए

पसर गया
किसी बड़े के न होने का
ख़ालीपन

मेरे लिए

मेरे लिए
सिर्फ़ आकाश था
जो अनन्त था
उड़ना मेरी नियति थी
पेड़ पर बने घोंसले
न जाने कब
आँधियों में उड़ गये
जमीन थी ही नहीं
सिर्फ़ बसेरा था
कभी इस डाल पर
कभी उस डाल पर
मैं उड़ा भी था
आकाश नापने
हाथ बढ़ाया था
कि सूरज को छू लूँ
परन्तु सूरज डूब गया
और छोड़ गया अँधेरा
एक पूरी रात का

छूट गये

कोई सड़क के किनारे
बैठा रह गया
कोई चौराहे पर
कोई पुलिया पर
बहुत सारे लोग
इंतज़ार करते रह गये
सबका हक़ था हम पर
हम थे कि
टूटते रहे, बिखरते रहे
फिर-फिर
खड़े होते रहे
समय को पकड़ते रहे
पीछे छूटते रहे
पूरा का पूरा
किसी के नहीं हो पाये
अपने भी,
किसी ने कहा सच बोलो
सच बोलने लगे
किसी ने कहा झूठ बोलो
झूठ बोलने लगे
किसी ने कहा राष्ट्रभक्त बनो
राष्ट्रभक्त बन गये
किसी ने कहा प्रेम करो
प्रेम करने लगे
किसी ने मानवता सिखा दी
उसी रास्ते पर चल निकले
जो समय तेज़ी से
आगे निकल गया था

साथ छोड़कर
वही अब
हिसाब माँग रहा है
कल का

डिप वाली चाय

एक डोर बँधी है
उसके गले में
जिसका नियंत्रण
ऊपर से
किसी और के हाथों में है
नीचे
उसको निचोड़ने में जुटे हैं
रासायनिक उपकरण
दूध-चीनी
गरम पानी के साथ मिलकर
सचमुच
वह डिपवाली चाय
बन गया है
जो पूरी तरह से निचुड़ने के बाद
फेंक दिया जायेगा
कचरे की मानिन्द

उनके साथ

लम्बी यात्रा में
कथानक लम्बा होना
स्वाभाविक था
क्योंकि उसके कई पार्ट
आपस में गुँथे थे
प्रेम, जीवन में आगे-आगे था
तभी जीवन चल पाया
इसीलिए प्रेम-कथा भी थी
हाँ, उसका दायरा
ज़रूर असीमित था
प्रेम न जाने कितनों से हुआ
प्रेम ने कभी लिंग-भेद को
आधार बनाया
तो बिना भेद के
गहरा सम्बन्ध निभाया
बस प्रेम था
अब यह बात अलग थी
कि प्रेम हमेशा
कसौटी पर कसा गया
सच्चा प्रेम
लोगों को अच्छा लगा
नहीं भी लगा,
माता-पिता, भाई-बहन
पत्नी के अलावा
न जाने कितने
प्रेम के दायरे में थे
बानगी के तौर पर
कभी किसी ने ट्रेन पकड़ा दी

कभी दवा दिला दी
कभी रोटी खिला दी
कभी इमेज बना दी

जीवन में इन सब की इन्ट्री
अति महत्वपूर्ण रही
बाहर का आदमी
कहाँ समझ पाया
कि जब कोई
'लोकप्रिय' नहीं था
तो 'अलोकप्रिय' ने ही
अपना अस्तित्व
दाँव पर लगाया
और सच्चा प्रेम निभाया

बड़ा हो गया

और बड़ा हो गया है
मेरे अन्दर का आदमी
मैं उसे
सँभाल नहीं
पा रहा हूँ
उस पर
अनुशासन का अंकुश
कारगर साबित
नहीं हो पा रहा है
वह बार-बार
बाहर निकल आता है
शरीर की सीमा तोड़कर
मनमानी
करने लगता है
फिर लौट जाता है
अपनी खोल में
शालीन
बन जाता है
देवता की तरह

आओ! मेरा स्वागत करो

मेरे हर क़दम के नीचे
किसी न किसी की पीठ थी
जिस पर पैर रखकर
मैं चढ़ता गया
एक-एक सीढ़ी,
वे लोग
जो पीठ बनकर
झुके थे मेरे लिए
मेरी अनगिनत साँसों में
ऑक्सीजन की तरह आये थे
और कार्बनडाई आक्साइड की तरह
अलग कर दिये गये
मेरा स्वार्थ
फलीभूत हुआ है
आओ! मेरा स्वागत करो

अपना चेहरा

मेरे एक चेहरे पर
उभरते रहते हैं
कई चेहरे
न जाने कितने चेहरों को
अपने अन्दर
समेटे हूँ मैं
यह इत्तफ़ाक़ नहीं
अक्सर कोई न कोई
आकर ढूँढ़ता है
मुझमें अपना चेहरा
हर बार
मैं कोशिश करता हूँ
दिखाने की
अपने चेहरे पर
किसी न किसी का चेहरा
कई बार
लोगों का चेहरा बनते-बनते
मैं भूलने लगता हूँ
अपना ख़ुद का वजूद
और एक अदद
अपना चेहरा

सुलहनामा

उनकी पीढ़ी के लोग
खुलकर मिलते हैं आपस में
जाते-आते हैं
एक-दूसरे के घर
शादी में, पार्टियों में
लड़का, बहू के साथ
निकल लेता है
लौटता है देर रात
बेटी-बेटे के साथ
वे ख़ुश हैं अपने में,
हमारी वरिष्ठ पीढ़ी वाले
किसी अनिष्ट की आशंका से घिरे
घर और घर का अनुशासन
बनाते-बनाते थक गये
हाँ में हाँ भी नहीं मिला सके
इसी में छूट गये
घर की बेकार पड़ी
और कई ग़ैरज़रूरी
चीज़ों की तरह,
अब इस बिन्दु पर
अव्यक्त सुलहनामा है
सब अपने-अपने मन की करें
कोई किसी के निजी जीवन में
हस्तक्षेप न करे

बिना फँसे

भागते समय में

क्षण-क्षण नये कोलाज
बहुत सारे स्टिल
फिर उनके वीडियो
पहले एक लड़की उभरती है
स्कूटी स्टार्ट करती है
फिर लड़का मुस्कुराकर
आगे निकल जाता है
दूसरे कोलाज में
एक वृद्ध, रिक्शा खींचता है
दो महिलाएँ बैठी हैं
तीसरे में गाय-साँड़
मोटर साइकिल, कार
चौथे में इंक़लाब, जय श्रीराम
पाँचवाँ, छठवाँ, सातवाँ
न जाने कितने कोलाज
अलग-अलग रंगों के
उसी में राम नाम सत्य भी
रास्ता जाम भी
समय की रफ़्तार में
कई लोग अपने को खोज रहे हैं
कुछ लोग सेवा का
कोलाज बना रहे हैं
लफ़्फ़ाज़ी करके
खूब हँसा रहे हैं
कुछ लोग कोलाज का
हिस्सा बनना चाहते हैं
या फिर पूरा का पूरा
एलबम समेटना चाहते हैं

समय का पीछा करते
जैसे-तैसे, कैसे भी
एक माँ रो रही है
उसकी बच्ची खो गयी है
एक बाप का बेटा गुम है
किसी ने कहा
कोलाज का हिस्सा बन गये हैं
हिस्सा तो सब हैं कोलाज में
स्टिंग ऑपरेशन के,
चाहें या न चाहें

शब्द असहिष्णु नहीं

शब्दों को
बाँधकर हाँकना
कभी-कभी
बड़ा अच्छा लगता है
परन्तु
शब्द ज़ंजीर में
रहते हुए भी
खनखनाते हैं
नया अर्थ विस्तार देते हैं
बग़ावत कर देते हैं
शब्द
असहिष्णु नहीं होते
बहुत सारे शब्दों के साथ
मिलजुल कर विमर्श करते हैं
असहमति को पूरा
मौक़ा देते हैं
अपना पक्ष रखने का

बिना फँसे

कितना सुखद है
हरी घास पर बैठना
कभी-कभार लेटना
आस-पास के
छोटे-छोटे पौधों को निहारना
उनकी जातियों-प्रजातियों पर
चर्चा करना
चलने से पहले
उनका आभार व्यक्त करना
कितना सुखद है
बड़े पेड़ की छाया में बैठकर
धूप पर बहस करना
मुरझायी वनस्पतियों के लिए
दो मिनट का समय देना
सूखे ताल-तलैयों की
तलहटी में फटी बेवाइयों पर
विमर्श करना
कितना सुखद है
छाते के नीचे से
बारिश का मज़ा लेना
गर्म कपड़ों में
ठण्ड को सेलीब्रेट करना
और कहीं भी
किसी के साथ
बिना फँसे
धीरे से निकल लेना

अवमानना

उधर
सिर्फ शब्दों से
अवमानना पर
कुछ लोग
सजा पाते रहे
इधर
कुछ भूखे
हाथ फैलाते रहे
कुछ
सड़क के किनारे
खाना बनाते रहे
कुछ
दबंगों की
मार खाते रहे
और
आँसू बहाते रहे

मुर्दा बनाने की कोशिश

मैंने
आपने
हम सबने
बहुत कोशिश की
और रोका भी
कि गड़े मुर्दे न उखड़ें

गड़ा मुर्दा
जब बाहर आता है
पर्यावरण प्रदूषित हो जाता है

मगर
कई लोग
जो मुर्दों का
कारोबार करते हैं
उखाड़ते रहते हैं उसे

वे तो
ज़िन्दा आदमी को भी
मुर्दा बनाने की कोशिश में
हमेशा तत्पर दिखाई पड़ते हैं

पेड़ सूख गया

जड़ ने कहा
तू भ्रष्ट
तना ने कहा
तू भ्रष्ट
डाली ने कहा
तू भ्रष्ट
पत्ती ने कहा
तू भ्रष्ट
फूल ने कहा
तू भ्रष्ट
सबने रिश्ते तोड़ लिये
पेड़ सूख गया

रोशनी कहाँ है?

रोशनी
उस सड़क में है
जो गड्ढों में
तब्दील हो गयी है
या
रोशनी
पानी के उस
नल में है
जो चुक गया है
या फिर रोशनी
उस दुकानदार की
टॉर्च में है
जो मसाले से
जलती है
कई लोग कहते हैं
रोशनी
हलवाहे के खेत में है
जिसे अब
ट्रैक्टर से जोता जाता है
बहुत सारे लोगों की राय
अलग-अलग है
कुछ समझते हैं
रोशनी
शिक्षक, चिकित्सक, वकील
लेखक, पत्रकार, डॉक्टर
आदि के पास है
और कुछ का
पूरा विश्वास है

रोशनी नेताओं के पास है
आख़िर रोशनी कहाँ है
हमें रोशनी चाहिए!

कुछ टूट रहा है

कुछ टूट रहा है
वर्षों पुराना
शीशा
जिसे सहेजकर
रखा गया था
कि आने वाले लोग
उसमें देख सकेंगे
अपनी शक्ल
जो धुँधली हो रही है
और साफ़ रखेंगे
अपने चेहरे को

कुछ टूट रहा है
वर्षों पुराना
रिश्ता
जिसे बचाकर रखा गया था
धूप-पानी से
कि आने वाले लोग
उससे सीख सकेंगे
प्रेम, भाईचारा
और ठीक कर सकेंगे
नफ़रत-असहिष्णुता
की नयी चाल-ढाल,
व्यवहार को

हमारा वजूद

उनकी ओर से
जवाब बहुत कम मिलता है
हमारे प्रश्नों का
कभी-कभी हमारे प्रश्न
उन्हें जँचते ही नहीं
न उन्हें दिखाई देता है
हमारी मुट्ठियों का कसाव
जिनमें हमारी बहुत सारी
अपेक्षाएँ दम तोड़ चुकी हैं
वैसे अगर देखा जाय
तो हम चाहते ही क्या हैं,
कोई सूरज -चाँद तो माँगा नहीं
अपने दोनों बेकार हाथों के लिए
हमें सिर्फ़ काम की तलाश थी
ताकि हम अपने पैरों पर खड़े होकर
ख़ुद रोटी का इंतजाम कर सकें
और उन्होंने हमारे वजूद को
सब्सिडी में बदल दिया

झण्डों के बीच

हमने बाँध दिया है अपने को
अलग-अलग क़िस्म के
रंगीन झण्डों से
झण्डे हवा के मिज़ाज के अनुसार
बदलते रहते हैं
अपना रुख़ और अपनी गति,
वे उसी दिशा में ले जाने के लिये
भारी दबाव बनाते हैं
जो उनका चरित्र
और परम्परागत संस्कार
उन्हें इजाज़त देता है।
वैसे भी
एक झण्डा दूसरे झण्डे को
बर्दाश्त नहीं करता
और निकल लेता है आगे
दूसरे को रौंदता
उनके यहाँ आदमी गौण होता है
इंसानियत का कोई मायने नहीं
सिर्फ़ एक नारा होता है
झण्डा ऊँचा रहे हमारा

उजाले में

जब मैं अँधेरी गलियों से निकलकर
उजाले में आता हूँ
मुझे किसी अपने की
ज़रूरत महसूस होती है
मैं उजाले में
अकेला महसूस करता हूँ
चाहता हूँ
कोई मेरा इंतज़ार करता मिले,
कहे
आओ यहाँ
तुम्हारा स्वागत है,
वह कुछ देर मेरे साथ बैठे
और पूछे
ठण्डा चाहिए या गरम...
रुकिये कॉफ़ी लाता हूँ
मेरे 'न' कहने पर भी
वह लिवा जाये
उजाले की चकाचौंध
बहुत क़रीब से दिखाने
और यह भी कहे
कि आज रात यहीं रुक जाओ
भोर होने में
ज़्यादा देर नहीं है,
गहरी रात का उजाला
वाक़ई बहुत आकर्षक है।
मगर दिखाये कौन

कीचड़ में है वह

वापसी

वह बाहर निकली
पूरी तैयारी के साथ
कि इस बार
क़िला फ़तह करना है

उसने
सामने एक नज़र डाली
और साइकिल पर
सवार होने से पहले
मुँह पर दुपट्टा बाँध लिया

कोई आशंका
पहचान छिपाने की कोशिश
या फिर
रहस्य बनाये रखने का भ्रम

हो सकता है
उसने अपने अन्दर
झाँका हो
और उसे लगा हो
कि वह लड़की ही है

मजबूरी

परम्परा की रेखाओं में
कसमसाती
घिरी है
मेरी अभिव्यक्ति,
फिर भी
बार-बार
यही कोशिश है
कि बताऊँ
मैं कौन हूँ
कम से कम
सच्चाई तो सामने आये,
परन्तु
मुझसे ज़्यादा
मेरे बारे में
दूसरे लोग जानते हैं
इतना जानते हैं
कि अपने बारे में
मेरा बताना
अप्रामाणिक मान लिया गया है
और धुँधली होती चली गयी
मेरी तस्वीर
किसी पेटेण्ट के
सहारे को मजबूर है

कीचड़ में है वह

सड़क पर
लोग आ-जा रहे थे
मगर वह कीचड़ में थी
क्योंकि कीचड़ में
उसकी रोज़ी-रोटी चलती थी
किसी को
इस बात की चिंता कहाँ
कि एक औरत
कीचड़ में है
चिंता तब हुई
जब वह
कीचड़ से बाहर आ गयी
फिर लोगों ने
उसे कहना शुरू किया
'कीचड़वाली'
उसके लिए 'कीचड़वाली'
कहे जाने
या 'गुलाबवाली' पुकारे जाने में
कोई फ़र्क़ नहीं था
जब वह कीचड़ में थी
उसका शरीर तब भी खटता था
अब भी खटता है

नुमाइश

लड़की को समझाया गया
जाते ही सबका पैर छूना
नज़र नीची कर बैठना
जो सवाल पूछें
क़ायदे से जवाब देना
लड़की ने वैसा ही किया
लड़के वाले उसे नापसंद कर गये
अगली बार लड़की को
फिर सजाया गया
वही सब कुछ समझाया गया
पिछली बार की कई कमियों को बताया गया
लड़की ने सब कुछ वैसा ही किया
लड़के वाले उसे नापसंद कर गये
उससे अगली बार अनेक बार
लड़की देखने वाले आते गये
लड़की सबका पैर छूती रही
जवाब देती रही
सभी हिदायतों का पालन करती रही
उधर से घर की दबी-छिपी उघरती रही
रसोई-बाथरूम के साथ
चरित्र की भी जाँच चलती रही

निर्भया को

तुम दिल्ली में हो
आई.सी.यू. में हो
मेरी कोई नहीं हो
मगर मैं जानता हूँ तुम्हें
तुम लड़की हो!
मेरी लड़की जब बड़ी हुई
मैं भी चाहता था
मैं जो नहीं कर पाया
उसे करके दिखाये वह
मगर पाबंदी थी उस पर
किसी से मिलने की
किसी के साथ जाने की
गली में झाँकने की
बाहर जब भी हम साथ जाते
उसकी माँ हिदायत देती रहती
ठीक से चलो... ज़ोर से मत हँसो... नज़र नीची रखो
शायद उसकी माँ
अच्छी तरह जानती थी
पुरुष और समाज के
दोहरे चरित्र को
तुमने इस जकड़बन्दी को तोड़ा
मगर झाँसे में आ गयी
कि लड़के-लड़कियाँ बराबर हैं?
देखो! लड़कियों के लिए
न सुरक्षित स्थान कभी रहा है
न आज है।

(निर्भया को श्रद्धांजलि)

उनसे कुछ बातें

किनारा कर
समय को मुट्ठी में
बाँध लेने का
भ्रम मत पालो
दरिया के मुहाने पर
पैर जमाने की
कोशिश करो
सिर्फ़ पानी पीटना
ठीक नहीं

मुँह छिपाकर
निकल जाना
किसी से नज़र न मिलाना
फिर ज़माने को दोष देना
कहना कि क्या करूँ
अकेला चना भाड़ नहीं फोड़ सकता
यह नयी इन्ट्री
ठीक नहीं
अपनी गाँठों को खोलो
व्यक्त करो अपने को पूरी तरह
परदे में से निकलो बाहर
ज़िद से मुक्ति की ज़द्दोजहद करो
किसी फ्रेम में
कसे जाने की प्रतीक्षा
ठीक नहीं

नक़ाब फेंको

तुम्हें लोग
चाँद कहते हैं
चाँद ने
नक़ाब
कभी नहीं ओढ़ा
वह तो
खुलेआम
रोशन करता है
शहर को
बदलियों की साज़िश
कभी नहीं
रोक पायी उसे
वे बरस पड़ीं तब भीं
वह रुका नहीं
उसकी कोशिश रही
कि वह
कहीं से किसी तरह
चाँदनी बिखेरे
सहर होने तक

लौटना नहीं

मैं तुम्हें
चाँद या गुलाब का फूल
नहीं कह सकता
मेरे यहाँ
तुम प्रतीक नहीं हो
पूरा शरीर हो
हँसता-रोता, संवाद करता
जिसे मैं
जब चाहूँ पा लूँ
मोड़ दूँ
किसी दिशा में
बिना किसी संकोच के

वैसे भी
झूठे आवरण को तोड़कर
मुक्ति की तलाश में
तुम्हारा बाहर निकलना
मुझे अच्छा लगा

हालाँकि
कुछ लोग तुम्हें
अब भी
पुराने रूप वाले मॉडल में
तब्दील करने का
भरसक प्रयास करेंगे
प्रलोभन देंगे
कि तुम शरीर के बजाय
आत्मा बन जाओ

मुझे जीने दो!

मुझे मत मारो
मुझे जीने दो
मैं तुम्हारी जान हूँ
पिता!

मैं कहाँ
तुम्हारे पास
हमेशा रहने वाली
बड़ी होते ही
तुम मुझे विदा कर दोगे
मैं तो तुम्हारे घर
कुछ दिनों की
मेहमान हूँ
पिता!

मैं तुम्हारा
वंश बढ़ाऊँगी
तुम्हारी ख्याति में
चार-चाँद लगाऊँगी
मैं अपशकुन नहीं
तुम्हारी शान हूँ
पिता!

स्वयं तय करेगी

मैंने उससे कहा
दाहिने चलो
वह चलती रही
मैंने उससे कहा
बाँयें चलो
वह चलती रही
फिर मैंने उससे
सीधे चलने को कहा
इस बार वह रुक गयी
और बताया
कि आगे की यात्रा की दिशा
वह स्वयं तय करेगी

औरत

मैंने तुममें
हमेशा एक औरत को देखा
ऐसा नहीं था
कि मैंने चाहा न हो
तुम उस औरत के बजाय
कुछ और दिखो
बराबर में बैठो
साथ चलो
प्रयास भी किया
कि तुम्हारे साथ दोस्ती वग़ैरह का
रिश्ता विकसित हो
मगर कभी मैं बदल गया
कभी तुमने बाज़ी पलट दी
कई बार दूसरे लोग
बीच में आकर समझा गये
कि तुम दोनों आदमी और औरत हो
बिजली का ठण्डा-गरम तार
इस तरह तुम्हारे-हमारे
नये रिश्ते की परियोजना
अपने तरीक़े से
रास्ता तय करती रह गयी
बग़ैर किसी अंजाम के,
जब तुमने
नाड़े वाले पायजामे की जगह
मेरी तरह जींस पहना
तो एक बार फिर उम्मीद बँधी
कि तुम मेरी निगाह में बसे
उस मिथ को तोड़ोगी

कि तुम सिर्फ़ वही औरत हो
एक पुरुष की निगाह में
बसने-दिखने की चाहत वाली,
फिर तुमने मुँह पर दुपट्टा बाँध लिया
तब मुझे लग गया
कि तुम दुविधा की शिकार
औरत ही हो
पहले की तरह जिस्म वाली
और मैं पुरुष
वही पहले वाला
तुममें सिर्फ़ औरत देखने वाला

कुछ और बड़ी हो जा

समय बड़ा क्रूर है
तुम्हारे लिए
छोटी-मोटी परीक्षा नहीं है
तुम्हारे समक्ष
एक पूरा जीवन दाँव पर लगा है
कुछ और बड़ी हो जा
समय को सँभालने लायक़ बन जा
चली जाना!
जाना तो है ही तुम्हें
हमारी स्वीकृति से जा
या अपनी इच्छा से जा
दरअसल तुमको बाहर के ताप से
बचाये रखा गया
कि तुम झुलस न जाओ
और तुम जान नहीं पायी
समय के बदलते रंग
और फ़ितरत को,
जीवन स्कूली बच्चों का खेल नहीं
आज दोस्ती कल मुँह फुलौवल
फिर अलग-अलग रास्ते
यहाँ दाँव चल गये तो वापसी नहीं
शह हो या मात
बस एक अँधेरे से दूसरे अँधेरे में
प्रवेश करना है
यहाँ अनुभव ही है
जो खेल का रुख़ बदल सकता है
वह तुम्हारे साथ रहा है,
उसे नकारना नहीं

कुछ और बड़ी हो जा
समय को सँभालने लायक़ बन जा
चली जाना!
यह जो घर है
कितनी तपन, कितनी बरसातें झेलता है
ठण्डी रातों में बर्फ़ बन जाता है
फिर भी खड़ा रहता है
अनुशासन नहीं तोड़ता,
तब पूरे विश्वास के साथ
हम उसके साये में गहरी नींद सोते हैं
वह विश्वास मत तोड़ना
बाहर की बनावटी मुस्कुराहटें
और झूठे लॉलीपाप
कई बार बहुत आकर्षक लगते हैं
उनकी तुलना में
घर की व्यवस्था बोझ लगती है
उसे फेंकना नहीं
अगर तुम सही हो तब भी,
कुछ और बड़ी हो जा
समय को सँभालने लायक़ बन जा
चली जाना!

नदी के पाँव

प्रतिरोध की दिशा में

उसका रास्ता प्रतिरोध का है
नदी की दिशा में जाने को
वह तैयार नहीं
परन्तु नदी के बिना
उसका अस्तित्व भी नहीं
इसलिए एक ओर वह
लहरों को चुनौती देती रही है
तो दूसरी ओर
उसी में रहकर
अपना लक्ष्य निर्धारित करती रही है
उसके पास जो भी क्षण हैं
उन्हें वह पूरे उत्साह के साथ
सेलीब्रेट कर लेना चाहती है
यह उसकी योजना है
या मजबूरी
अन्दाज़ लगा पाना कठिन है
क्योंकि उसे रोते हुए
किसी ने नहीं देखा
उसके समूह में
वर्तमान में जीने वाले हैं
जो आँखों के बजाय
दिल से देखते हैं
और साथ निभाते हैं
बिना इस परवाह के
कि कोई काँटा लगाये है
या पंजे में फँसाकर झपट्टा मारने वाले
निशाना साधे बैठे हैं
अब यह बात अलग है

कि वह मछली है
उसके लिए सुरक्षित स्थान
न लहरों में है
और न उनके बाहर

फ़व्वारे के नीचे

मछली
तैर रही है
गोल-गोल
टैंक की परिधि में
वहाँ न कोई नदी है
न कोई समुद्र
एक फ़व्वारा अवश्य है
जिसका पानी
कुछ ऊपर जाकर
फिर नीचे आ जाता है
कुछ लोग मछली को
चारा डालते रहते हैं
ताकि मछली
गोल-गोल घूमती रहे
और उसकी प्रजाति
बनी रहे।

नदी के पाँव

एक-एक बूँद
जोड़कर
उसने यात्रा शुरू की थी
रास्ता प्रेम का था
सद्भाव का था
जीवन देने का था
रास्ता आसान नहीं था
इसलिए टेढ़ा-मेढ़ा
जैसा बना
उधर निकल गयी वह
हरहरा कर बढ़ी
तो हाय-तौबा
सूख गयी
तो हाय-हाय
पहाड़ मिला
मैदान मिला
मान मिला
अपमान मिला
कोई भगीरथ साथ नहीं था
परन्तु उसके पाँव रुके नहीं
वह नदी थी
उसके पाँव नदी के पाँव थे।

सबके लिए

कोयल की तुलना में
गिलहरी को
कौन पूछता है
परन्तु वह
अपने तरीक़े से जीती है
पेड़ की सबसे ऊँची टहनी पर
चढ़कर नजारा लेती है
ख़ूब कूदती-फाँदती
और दौड़ती है
एक डाल से दूसरी डाल पर,
और ख़ुद तलाशती है
अपने लिए भोजन-पानी
क्या फ़र्क़ पड़ता है
कि वह मीठा-बोल नहीं पाती
मगर हल्ला मचाकर
ख़तरे से सावधान करती है सबको
तब कोयल
पीऊ-पीऊ कर
अपने साथी की तलाश में
निकल जाती है।

गमले की हरी घास

पसंद नहीं की जाती
गमले में
फूल के साथ
हरी घास

उसे बार-बार
बाहर कर दिया जाता है
जड़ों के साथ उखाड़कर
और वह है कि
फिर पनप जाती है
पूरे उत्साह के साथ
वहीं से
खाद-पानी लेकर

आत्ममुग्ध फूल
इतराता है
और हरीतिमा छोड़ती है
गमले की हरी घास
बिलकुल नीचे से
उचक-उचककर
फूल के हैलो का जवाब
हाय से देती है

हालाँकि
दोनों कटे हैं
अपनी ज़मीन से
फूल भी
हरी घास भी

आदमी से फासला

अब
चिड़िया नहीं आती
खिड़की पर
आँगन में
गली में
दाना चुगने
या
घोंसला बनाने,
उसने
तलाश लिया है
नया सुरक्षित स्थान
अब वह
फासला बनाये रखती है
आदमी से,
उसे
पता चल गया है
कि आदमी
हिंसक हो गया है
वह अपनी ही बस्ती को
विस्फ़ोट से
उड़ा रहा है
अपने ही लोगों को
ज़िन्दा जला रहा है

मैं घण्टाघर चौराहे से बोल रहा हूँ

मैं घण्टाघर चौराहे से
आज की ताज़ा ख़बर
के साथ हाज़िर हूँ
यह चौराहा घण्टाघर के नाम पर है
यह नाम उसे घण्टाघर की
एक बड़ी इमारत से मिला है
घण्टाघर चौराहा के बजाय
इसका नाम कुछ भी हो सकता था
परन्तु इसका काम
तब भी वही होता
सबको अपने लिए रास्ता देना
और जब इसे एक बार
चौराहा घोषित कर दिया
तो किसी को भी अपनी दिशा में
जाने से रोकना
सम्भव नहीं रह गया
वैसे किसी को अपने रास्ते
जाने से रोकना उपयुक्त भी नहीं
बाद में जब सभी दिशाओं से
लोग चौराहे की तरफ़ बढ़े
तो जाम लग गया
फिर तय किया गया
कि एक दिशा के लोग रुककर
दूसरी दिशा वालों को
जाने का मौक़ा दें
लोगों ने इस सहिष्णुता को माना,
अब कुछ लोगों को
घण्टाघर की इमारत पसंद नहीं

वे चाहते हैं कि
ऐसी तमाम इमारतें
ध्वस्त कर दी जायें,
वे इस पूरे ब्रह्माण्ड में
जो उनकी स्वयं की
निर्मिति नहीं है
कुछ अपना तलाश रहे हैं
कुछ दूसरे का बता रहे हैं,
इस बड़ी कायनात में
वे अपने को
कितना छोटा
करते जा रहे हैं,
और यह देखिये
तलवार लहराते लोग
चले आ रहे हैं
ये श्रद्धा में भय का
लेबल लगा रहे हैं
इन्हें ख़ुद पता नहीं
कहाँ जा रहे हैं,
अभी-अभी ख़बर मिली है
सात वर्ष की बच्ची
के साथ रेप किया
फिर उसे मृत समझकर
झाड़ी में फेंक दिया,
और अब ब्रेकिंग न्यूज
गो-रक्षकों ने
गाय को माता माना
और एक पशु के बदले
आदमी को
पीट-पीटकर मार डाला

आकाश से आया देवता

खिड़की से आकाश

तुम्हारे आकाश बनने में
मुझे शक नहीं था
अलबत्ता बादल बनकर
बरसने में संदेह था
जब कभी तुम बरसे भी
तो मुझे खिड़की
बन्द कर लेनी पड़ी
अस्मिता बचाये रखने के लिये
फिर तुम चले गये
काफ़ी कुछ तोड़-फोड़कर
शायद फिर न लौटने के लिये

तुम्हें स्मरण नहीं
मेरी खिड़की तुम्हारे आने से
पहले भी खुली थी
आज भी खुली है
यह खिड़की
मेरी आज़ादी का दस्तावेज़ है
यहीं से तुम्हारी ऊँचाई-नीचाई
की नाप-जोख होती है

मुझे आज तक
यह समझ में नहीं आया
कि खुली खिड़की
तुम्हें पसंद क्यों नहीं
जबकि लोग तुम्हें
आकाश के नाम से
जानते हैं

काला जादू

उसके हाथों में एक गेंद है
वह नचा रहा है उसे
गेंद किसी को सूरज लगती है
किसी को चाँद
कोई ऊर्जा लेता है
कोई शीतलता
उसे कोई आपत्ति नहीं
कौन क्या कहता है
कौन क्या सोचता है
उसे सिर्फ़ फ़िक्र है
कि गेंद नाचती रहे
वह जानता है
गेंद जब तक उसके हाथों में है
केन्द्र और परिधि का रिश्ता बना रहेगा
और लोगबाग कहते रहेंगे
वाह! क्या बात है

आकाश से आया देवता

एक देवता
आकाश के रास्ते
धरती पर आया
उसने हमारी सारी ज़मीन
ख़रीद ली
यह कहते हुए
कि धरती का देवता
नाकारा है
अब आकाश का देवता
पानी देगा
पर्याप्त भोजन देगा,
विचार-अभिव्यक्ति
असहमति-सहिष्णुता
बेकार की चीज़ें हैं
काम कीजिये
सिर्फ़ यही एक रास्ता है
विकास का
फिर तो वे बहुत सारे लोग
जो गली - चौराहों पर
आपस में
एक-दूसरे को
पटखनी देने में
माहिर थे
अचानक सम्मोहित हो गये
उन्होंने धरती के देवता को
नकार दिया
अपने दोनों हाथों को उठाकर
नये देवता का स्वागत किया

और अपना मत देकर
इस बात पर मुहर लगा दी
कि यह सारी धरती
आकाश के रास्ते आये
देवता की है
फिर सबके सब जुट गये
उसके विकास में

वह देवता नहीं

मेरे आकाश का ध्रुवतारा
मुझे अच्छा लगता था
मैंने अपनी मंज़िल
उसी दिशा में
तय कर ली

मैं जब
उसकी कक्षा में पहुँचा
वह चाँद-चाँद पुकार रहा था
मुझे लगा
उसको सहारे की
तलाश है

मेरी जिज्ञासा बढ़ी
कुछ क़दम
आगे निकल गये
उसकी ओर
अचानक एक दिन
वह लाल दिखा, फिर पीला हो गया
तब समझ में आया
कि रंग बदलने की कला में
माहिर है वह

मैंने तत्काल
तीर्थयात्रा रोक दी
उसे भी समझ में आ गया
कि वह
देवता नहीं है

पकड़ू सब्ज़ीवाला

पकड़ू
पहले बहुत ख़ुश था
कि उसका
मुसल्लम ईमान था
बाद में बहुत दुःखी हुआ
कि कुछ लोगों
की निगाह में
वह शैतान था
पकड़ू
वहीं पैदा हुआ था
जो भाग
हिन्दुस्थान था
पकड़ू का
आलू-बैंगन
पकड़ू का
टमाटर-पालक
आलीशान था
सिर्फ पकड़ू मुसलमान था
पकड़ू की
उम्र निकल गयी
सड़क के किनारे
कटहल-गोभी-लौकी बेचते
अब बुढ़ापे में
उसे समझ में आया
कि वह
देशद्रोही इंसान था

राष्ट्रभक्त

वह खूब
झूठ बोलता है
वह दुकान में
कम तौलता है
वह कचहरी में
ग़लत दलील करता है
वह मरीज़ के
जीवन से खेलता है
वह धर्म-स्थल से
ध्वनि-प्रदूषण करता है
वह गंगा में
गंदा अवशेष घोलता है
वह कार्यालय से
ग़ायब रहता है
वह घूस से
बैंकों में नये खाते खोलता है
वह फेकू है
ख़ूब हाँकता है
हमारे दुःख-दर्द पर
कुछ नहीं बोलता है
वह संविधान के विरुद्ध
आचरण करता है
वह रिश्तों में
ज़हर घोलता है
वह राष्ट्रभक्त है
सिर्फ़ इसलिए
क्योंकि
भारत माता की जय बोलता है।

सवाल और गहरे

हम तलाशते रहे
एक अदद आदमी
और हर बार
बीच में आ गया
कोई देवदूत
जादू की छड़ी लेकर
बदलने के लिये
हमारी तक़दीर
फिर चारों ओर शोर उठा
जयकारे का
अब जबकि
जयकारा लगाकर थके लोग
लौट आये हैं
अपनी बस्ती में
अपने बच्चों के पास
फिर वहीं
ऊँची -नीची सड़क पर
सवाल और गहरे होकर
लटक गये हैं
उस जादूगर की छड़ी में
जिसे आदमी से
देवदूत बना दिया गया था

उसी सड़क पर

एक आदमी
हाथ फैलाये खड़ा है
और रोकर
कह रहा है
बाबा भूख लगी है
एक दूसरा आदमी है
जिसे चिन्ता है
पूरे शहर में
झण्डियाँ फहराने की
उत्सव मनाने की
काश! वह
भूखों को खाना खिलाता
वस्त्रहीनों को कपड़े पहनाता
शहर को झण्डियों से पाटने के बजाय
दुखियों का झण्डा बन जाता
तो उसी सड़क पर
वह सही मायने में
आदमी नज़र आता
और पुरुषोत्तम कहलाता

भारत माता की जय

मित्र!
भारत माता के लिए
इतना चिन्तित हो
तो कभी-कभार
संकटमोचन मंदिर
तालकेश्वर मंदिर
पंचमुखी महादेव मंदिर
या फिर बूढ़ेनाथ मंदिर
चले जाया करो
वहाँ बहुत-सी भारत माताएँ
कटोरा लिये
सड़क पर
भीख माँगती मिल जाएँगी
उनकी जय करो
भारत माता की जय
ख़ुद-ब-ख़ुद हो जाएगी

ख़ून का रंग

वह
तरबूज़ को भी
रबर की गेंद समझता था
अपनी पुरानी आदत के मुताबिक़
उसने बड़े कौशल से
नये अन्दाज़ में
हरे-पीले रंग के तरबूज़ के
दो फाँक कर दिये
वह बेहद ख़ुश हुआ
अपनी चतुराई पर
चाटुकारों ने भी
आँख मूँदकर
ख़ूब वाहवाही की
परन्तु
वह भूल गया
कि अन्दर से
पूरा तरबूज़ लाल है
दो फाँक होने के बावजूद
उधर
तरबूज़ के दोनों टुकड़े
चीख़-चीख़कर कह रहे थे
कि उनके ख़ून का रंग एक है
उन्हें कोई जुदा नहीं कर सकता

अकेला हो गया

बस निकल लिया

वह पूरब से शुरू करता है
अपनी यात्रा
तो ज़रूरी नहीं
कि दूसरा भी वैसा ही करे
हम पश्चिम से
शुरू कर सकते हैं
एक अच्छी ओपनिंग
वहीं से
जहाँ वह थककर
अक्सर सो जाता है
और पूरा मैदान
ख़ाली छोड़ जाता है
जीतने के लिये मैराथन

थोड़ा कठिन ज़रूर है
नयी राह बनाना
अकेले चलना
रात से लोहा लेना,
अब लीक पर चलने का
अपना मज़ा है
और लीक से हटकर
चलने का भी
परन्तु कई लोगों की रुचि
न लीक पर चलने की होती है
न लीक से हटकर चलने में
वे तो लीक को मिटाने में
उस असीम आनन्द का
अनुभव करते हैं
जो ज्ञानपीठ के साक्षात्कार से

कम नहीं होता
एक दुनिया ऐसे भी लोगों की है
जो सोचते हैं-
''कोउ नृप होइ हमहि का हानी..''
या फिर-
''सबके दाता राम''
युद्धरत आदमी के पास
इतनी फ़ुरसत कहाँ
कि वह भाग्य-दुर्भाग्य
की गणना में उलझे
और बिल्ली के रास्ता काटने से
यात्रा स्थगित कर दे
या इसमें उलझा रहे
कि हार होगी या जीत
उसे तो रात में
चाँद-तारों के इशारों का भी
इंतज़ार नहीं होता
वह तो बस निकल लेता है
चाहे पूरब हो
या पश्चिम।

नये रास्ते पर

उनको
राष्ट्र चाहिए
जो विश्वगुरु हो
और
उनको
एक अदद
आदमी चाहिए
जो विश्वमानव हो।
दोनों
भिड़ते चले आ रहे हैं
न तो
राष्ट्र विश्वगुरु बन पाया
न आदमी
विश्वमानव
हाँ, नये आदमी ने
नया रास्ता
ज़रूर चुन लिया है
अपने हित का

अकेला हो गया

इधर वाले
कहते हैं
कट्टरता ज़रूरी है
उधर वाले
चाहते हैं
पक्षधरता ज़रूरी है
मैं न तो
कट्टर हो पा रहा हूँ
न किसी का
पक्षधर
मैं तो सिर्फ़
आदमी बनना चाहता था
और अकेला हो गया

शान्ति की तलाश

उसे मैंने देखा था
मुस्कुराते, खिलखिलाकर हँसते
सुबह के सूरज में
उचक-उचककर हैलो-हाय करती
नदी की लहरों में
सरसराकर निकली हवा के झोंकों में
अपने को संयमित करते
पेड़ों, उनकी डालियों
और पत्तियों में
स्कूलों में क़तारबद्ध
खड़े बच्चों के
प्रार्थना गीतों में
फिर काफ़ी दिन निकल गये
उसे देखा नहीं
उससे मिला नहीं,
सुना है
शांति-भंग की आशंका से
उसे डाल दिया गया है
गृह क़ैद में

वह मज़दूर है

वह
ज़मीन का आदमी है
ज़मीन के बदलते
मौसम का चक्रव्यूह
बार-बार बन्द करता है
उसकी जिजीविषा के द्वार
परन्तु वह घायल सिपाही
लोगों के जागने से पहले
निकल लेता है
अपने कर्मक्षेत्र के लिये,
जब सब सो जाते हैं
तब वह लौटता है युद्धभूमि से
उसके लिए
लू-ठण्ड-वर्षा
एक जैसे हैं
सुबह-सुबह बाज़ार में
उस पर बोली लगती है
बिकता है सामान की तरह,
वह गेहूँ से भरा बोरा
पीठ पर ढोता है
रिक्शा खींचता है
नालियाँ साफ़ करता है
हमारे लिए मकान बनाता है
क़दम-क़दम पर हमारे काम आता है
उसकी मेहरबानी से
सारी सुख-सुविधाएँ भोगते हैं हम
और उसके पास
ठीक से कपड़े नहीं

मकान नहीं
दवा-दारू नहीं
बच्चों का बचपन नहीं
कभी सोचते हैं हम?

बादलों के साथ

अलग-अलग
रंग हैं इनके
मिज़ाज भी अलग
कुछ सिर्फ़ गरजते हैं
कुछ बरसते भी हैं
कुछ ऐसा बरसते हैं
कि बिजली बनकर
टूट पड़ते हैं
हमारी धरती पर
बहा ले जाते हैं सब कुछ
ऐसा नहीं कि
धरती जवाब नहीं देती
धरती का अंदाज़ कुछ अलग है
वह बादलों के साथ
मैराथन में उतरने के बजाय
पलट देती है बाज़ी को
पूरी तरह से
ख़ामोशी के साथ
फिर से हरा-भरा
कर देती है सब कुछ
फिर भी वह धरती है
अपना धर्म नहीं छोड़ती
रिश्ता बनाकर चलती है
पानी वाले बादलों के साथ

हमारा समय

हमने
खड़ा किया है
जो समय
वह संस्कृति बन गया है
हमारी जड़ों तक
पहुँचकर,
जो निगल रहा है
हमारे सूरज को
उसके निशाने पर है प्रकाश
उसका इरादा
नेक नहीं लगता
वह जहाँ-जहाँ
प्रभावशाली रहा है
रिश्ते टूटे हैं
अविश्वास पनपा है
नफ़रत बढ़ी है
लेन-देन का तरीक़ा
यूज एण्ड थ्रो में बदल गया है
वह बहुत ज़ोर से बजता है
सिर्फ़ अपनी कहता है
अपनी सुनता है

अँधेरे से उम्मीद

हमारे आसपास
पनप गया है एक बड़ा बाज़ार
जो सिर्फ़ पैसे की भाषा में
संवाद करता है
जहाँ खो गये हैं सारे उसूल
आदमी जिंस की मानिन्द
बेच रहा है अपने को
फेंक दिये गये हैं कई टुकड़ों में
आदर्श-अनुशासन
के अस्थि-पंजर
सामाजिक जीवन में
राजनीतिक दाँव-पेंच
प्रवेश कर गया है
साम्प्रदायिकता और असहिष्णुता
की नयी परिभाषा
गढ़ी जा रही है
अब सीटी बजाकर
झण्डी दिखाने वाले सक्रिय हैं
उनके फ़्लैग आफ़ के इशारे पर
दौड़ रही है भीड़
उसे उम्मीद है
कि पा लेगी वह
अमृत की बूँद
अमर हो जायेगी
परन्तु अमृत बाँटने वाले
पूर्व की भाँति ही
बहुत चालाक हैं
उन्हें तो अपनों को ही

लाभ पहुँचाना है
ऊपर बिठाना है
अमृत पिलाना है

लोकतंत्र बीच में

मैं रोक नहीं पा रहा
किसी को कुछ कहने से
कुछ भी करने से
मेरे वश में भी नहीं है
क्योंकि मैंने जब भी
कुछ कहना चाहा
समझाना चाहा
राष्ट्र बीच में आ गया
मानवता हाशिये पर
ठेल दी गयी
लोकतंत्र बीच में आ गया
लोकतंत्र, जो अभी प्रजातंत्र है
प्रजा जो रोटी के लिए
धोती के लिए
मुफ़्त के पैसों के लिए
भागती है
भगदड़ में कुचल जाती है
प्रजा जो धर्म-भीरु है
पाखण्ड में जिसका विश्वास है
जो सच सुनने-देखने को तैयार नहीं
फिर तो सच्चाई को हारना ही था
सच्चाई हार गयी
वह लगातार जीतता रहा
उसी लोकतंत्र की आड़ लेकर
जो मानवता का विरोधी था

बेदख़ल लोगों के साथ

मैं सुन रहा हूँ
बेदख़ल कर दिये गये
अंतिम छोर पर खड़े
उन साथियों की आवाज़
जिनका
न उनकी धरती पर हक़ है
न उनके आकाश पर
उनका
सूरज, पहाड़, वनस्पतियाँ
सब बिक गये हैं
मैं झण्डा लहराने वाला
कम्युनिस्ट तो नहीं हूँ
परन्तु एक इंसान ज़रूर हूँ
और उनके साथ हूँ
जो दाल -रोटी के लिए
इंक़लाब की प्रतीक्षा में
चुप बैठे नहीं हैं
बल्कि आवाज़ बुलन्द कर रहे हैं
दुर्व्यवस्था के ख़िलाफ़
व्यवस्था परिवर्तन के लिये
जो कुछ ख़ास लोगों की
मुट्ठी में क़ैद है
और नाच रही है
उन्हीं के इशारे पर
कठपुतली बनकर

मॉब लिंचिंग

शुक्रगुज़ार हूँ
कि आप पहचानते हैं मुझको
यानि कि
स्वीकारते हैं नैसर्गिक परम्परा को
मानवीयता, सहिष्णुता, असहमति को
हमारे बीच के रिश्तों की गरमाहट को
ख़ून के एक ही रंग को
तब तो आप यह भी जानते होंगे
सूरज-चाँद सिर्फ टहलने नहीं निकलते
नदियाँ केवल तफ़रीहन चक्कर नहीं लगातीं
पेड़-पौधे यूँ ही वंशवृद्धि नहीं करते
अगर आप अपने दिमाग़ पर ज़ोर डालेंगे तो दिखेगा
ये हमारी पाठशाला के
ब्लैक बोर्ड, चाक-डस्टर और टीचर हैं
ये शहर से जंगल तक फैले हुए
हमारे-आपके रिश्तेदार
'मॉब लिंचिंग' का अर्थ अच्छी तरह जानते हैं
पूछियेगा तो बतायेंगे कि यह प्रवृत्ति
जंगली, हिंसक जानवरों में देखी जाती है
उनसे जब इस बाबत पूछा गया
कि यह 'मॉब लिंचिंग' बला
आदमी में कैसे प्रवेश कर गयी
उनका कहना था-
आदमी जब जंगली था
'मॉब लिंचिंग' उसकी दिनचर्या में शामिल थी
वह जंगल से शहर आया
तो इसे अपने साथ लेता आया
अभी उस जंगली प्रजाति के लोग बचे हैं

एक बात अनुभव की उन्होंने और बतायी
'मॉब लिंचिंग' रोकने का जंगली तरीक़ा ही
कारगर साबित होगा इन पर
'मॉब' बनाकर घेर लो इन्हें!

साफ़गोई से

कितनी साफ़गोई से
एक-एक काग़ज और पोख़्ता सबूत
देखकर वहाँ होता है काम
ताकि कोई आरोप न लगा सके
पक्षपात का,
वह 'हिज हाइनेस' का दरबार है
'मुंसिफ' बैठते हैं वहाँ
भुक्तभोगी को सुनते हैं
ऑर्डर..ऑर्डर के साथ
कि जितना पूछा जाए
उतना ही जवाब देना है,
वहाँ रोने- कराहने को माना जाता है
न्याय को प्रभावित करने की तरकीब
वहाँ अपराधी को अभियुक्त कहा जाता है
उसे पूरी आज़ादी और सुविधा है
अपने को बचाने की
वहाँ वादी का हित सर्वोपरि है
जो पहले शिकायत दर्ज करा दे,
अपराधियों के लिए
यह नियमबद्धता और साफ़गोई
बड़ी सहायक व्यवस्था है
मामले को ठण्ढा करने के लिये भी
पहले वे कुशलता से
अपने कार्य को अंजाम देते हैं
फिर नियमतः हाज़िर होकर
'मुंसिफ' से मोहलत भी ले लेते हैं
और जुट जाते हैं
'सबूत-दर-सबूत' मिटाने में

ठिकाने लगा देते हैं
चश्मदीद गवाहों को
कभी-कभी तो ऐसी साफ़गोई से
घटना को अंजाम देते हैं
कि 'न रहेगा बाँस न बजेगी बाँसुरी'
उधर भुक्तभोगी डिफेमेशन से डरा
सिर झुकाये करता रहता है
साफ़गोई से न्याय के मिलने का इंतज़ार

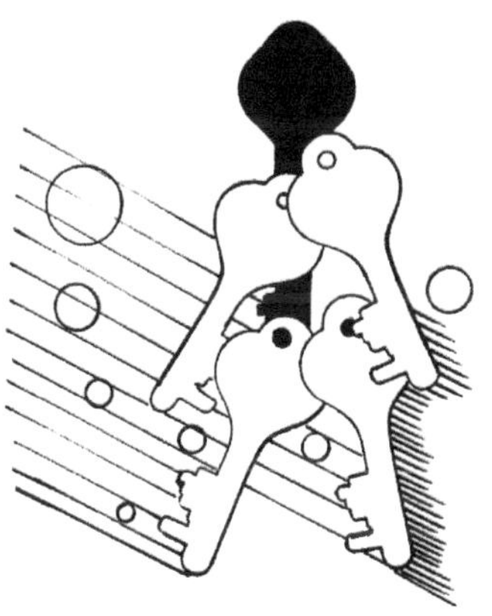

उम्मीद रखिये

साथ-साथ चलते हैं

कुछ ही क़दम सही
साथ-साथ चलते हैं
जो तुम्हें कहना हो
कह लो
जो हमें कहना है
कहते हैं
कुछ तोड़ते हैं
कुछ जोड़ते हैं
कुछ नया गढ़ते हैं
नयी के साथ
पुरानी किताबों पर
नया कवर
मढ़ते हैं
ज़माना इण्टरनेट (पाडकास्ट)
जींस का है
शब्द-ध्वनि के परिवार में
न्यू मीन्स का है
फ़ुटपाथ पर
क़दम मिलाते हैं
एसी बस में
निकलते हैं
खुल के हँसते हैं
बिना डर के
टहलते हैं
सबसे मिलते हैं
सबकी सुनते हैं
सबको साथ लेकर
चलते हैं

आओ! उड़ो मेरे साथ

देखो!
छंदों की साँकल
खोल दी है
मैंने
अब मेरी यात्रा है
अनन्त आकाश
आओ! उड़ो मेरे साथ

देखो!
यह मार्ग है
मुक्ति के आगे का
यहाँ अब
सिर्फ़ अपने पंखों पर   है
आत्मविश्वास
आओ! उड़ो मेरे साथ

देखो!
यहाँ वर्षा-शरद-ग्रीष्म
तीनों हैं
इसी के बीच
करती है परवाज़
आओ! उड़ो मेरे साथ

उम्मीद रखिये

मैंने
पेड़ का हाल पूछा
तो उसने मुस्कुराकर
फूल की ओर
इशारा कर दिया

फूल
खिलखिलाकर
हँस रहा था

मैंने उससे
थोड़ी-सी
हँसी ले ली
और बिखेर दिया
हवा में

उम्मीद रखिये
और इंतज़ार कीजिये
नये अंकुरण का
नयी पौध का

नयी रोशनी

खिड़की के उस पार
जहाँ वृक्षों की लम्बी क़तारें
छाया-सी प्रतीत हो रही हैं
वहीं से निकला है वह
लाल होकर
एक संदेश के साथ
कि ख़ामोशी
अन्दर आग लिये
धधक रही है
वह बदलेगी
रात का एकाधिकार
बहुत जल्द
बन्द खिड़कियों की सुराखों से
रोशनी बनकर
आवाज़ लगायेगी वह
कि उठो
सुबह हो रही है
इस नयी रोशनी के साथ
चलना है तुम्हें

जीवन है!

पेड़, नदी, बादल, चिड़िया
पहाड़, सूरज, चाँद
हरी-भरी वनस्पतियाँ
सभी आश्वस्त कर रहे हैं
कि जीवन है
निराशा अभी भी
इतनी बड़ी नहीं हुई है
कि वह मिटा सके
हमारी हरकत को
वे आमंत्रित कर रहे हैं
कि आओ हमारे साथ
इस संतुलित गति में
शामिल हो जाओ
इस यात्रा के बाहर
कुछ भी नहीं है
हम सिर्फ़ यात्री हैं

जो निराश लोग
नया रास्ता तलाशने गये थे
अनियंत्रित से लौट आये हैं
इस उम्मीद के साथ
कि अभी देर नहीं हुई है
अब भी आशा के साथ
पूरी की जा सकती है
एक नियंत्रित यात्रा
समूह की

ताकि शुद्ध हवा आती रहे

मित्र!
खिड़की खोल रखना
ताकि
शुद्ध हवा आती रहे
और सीलन न लगने पाये
घर को

मित्र!
मुस्कुराकर मिलना
ताकि प्रेम भटकने न पाये
और रिश्ते बने रहें
हमेशा

मित्र!
आग पर नज़र रखना
ताकि वह
ऊर्जा बने
रोटी के लिए
और भभककर जला न दे
घर को

आओ गढ़ें

आओ गढ़ें
उम्मीद के दीये
सबके लिए
खासतौर से उनके लिए
जो अभी तक अँधेरे में हैं
जिन तक रोशनी पहुँची ही नहीं
आओ लिखें
अपने हिस्से के उजास में से
कुछ इबारत उनके नाम
जो इंतज़ार करते रह गये
सम्भावनाओं की दहलीज़ पर
खड़े-खड़े
नये सूरज का
आओ रिश्तों की
सूखी नदी में बहा दें
प्रेम की रसधार
और रोप दें
निराश लोगों में
हँसी-ख़ुशी के
कुछ पल

तलाश में

मेरा मन करता है
कि बदल जाय
हवा का रुख़
उस दिशा में
परन्तु किस दिशा में
यह तय करना आसान नहीं
वैक्यूम है सभी दिशाओं में
कहीं कोई
नियंत्रण में नहीं
सब कुछ उड़ रहा है
भारहीन, दिशाहीन, स्वरहीन
अनेक रंगों का कोलाज भी
नहीं दे पा रहा है
कोई नयी आकृति
क्या इसे यात्रा का अंत समझा जाय
या परिवर्तन की पृष्ठभूमि
या कि छोड़ दिया जाय
भाग्य को
सब कुछ तय करने के लिए
भाग्य भी तो
अनिश्चय की स्थिति में रहा है
ज़रूरी नहीं की वह
सरल और सहज बिम्ब बने
कोई नयी दिशा दे पाये
आओ तब-तक विमर्श करें
हवा के साथ
शायद कोई सही रास्ता
मिल जाय

और सही दिशा में
बदल जाय हवा का रुख

मिलकर बचायें

हमारे बीच
एक नदी बहती है
प्रेम की
आइये उस नदी को
उथली होने से बचायें,
नदी का स्वभाव है
उमड़ती है
घुमड़ती है
कगार तोड़कर निकल जाती है
ख़ूब बोलती है
कल-कल, छल-छल
और एकदम
ख़ामोश हो जाती है
रेत बनकर,
आइये उस नदी से
आत्मीयता बढ़ायें
एक मधुर रिश्ता बनायें
नदी न अकेले आपकी है
न सिर्फ़ मेरी है
हम सबकी है
आइये मिलकर
उसे बचायें

कुछ दूर और चलो

कुछ दूर और चलो
रास्ता अभी
ख़त्म नहीं हुआ है
अभी भी एक रिश्ता
बना हुआ है
तुम्हारे और मेरे बीच
शरीर के आकर्षण की
धुरी पर टिका,
निराश नहीं होना
असम्भव नहीं
कि कल
यही मन को मन से फिर जोड़ दे
कुछ दूर और चलो
आओ पुरानी बातें करते हैं
जब हम पहली बार मिले थे
जहाँ तक मुझे याद है
पहले तुम मुस्कुराये
फिर मैं मुस्कुराया
और फिर हम दोनों
मुस्कुराते-मुस्कुराते
ज़ोर-ज़ोर से
हँसने लगे
अब यहीं से हम
रोने-धोने, झगड़ने वाले
सीन को 'कट' कर
सीधे आज से जोड़ देते हैं
कुछ दूर और चलो
पहले तुम मुस्कुराओ

फिर मैं
उसके बाद दोनों मिलकर
मुस्कुराते है
और ज़ोर-ज़ोर से हँसते हैं
विश्वास मानो
सब कुछ पहले जैसा ही होगा
ठीक उसी तरह
जैसे दो में दो जोड़ने पर
हमेशा चार होता है
कुछ दूर और चलो
वहाँ एक नदी बहती है
वही पहले वाली
जिसके किनारे बैठकर
हम दोनों
सपने देखा करते थे
तुम अपनी ओर का पानी
मेरी और उछालते
वही पानी
तुम्हारी ओर लौट जाता था
तुम भले ही जीत नहीं सके
मगर मैंने हमेशा
अपने को हारा हुआ पाया
कुछ दूर और चलो

अभी सुन लेते

अभी सुन लेते तो
अच्छा होता
पता नहीं
फिर हम मिलें, न मिलें
तुम न रहो या मैं न रहूँ
कौन जाने
आगे आने वाले
हमें समझ पायें
हमें महसूस कर पायें
या फिर कोई बचे ही न
सुनने-सुनाने के लिये
वैसे काफी कुछ टूटने-बिखरने के बाद
अभी भी बहुत कुछ बचा है
सँभालकर रखने के लिये
जैसे कि यह धरती
उसका हरापन
पेड़-पौधे और ऑक्सीजन
नदियाँ, उनका पानी
सूरज, चाँद
हमारी आँखें, हमारे दो कान
दो पैर, दोनों हाथ
सही-ग़लत का फ़ैसला करने वाला
एक आधुनिक
और ताज़ा मस्तिष्क,
अभी भी
बहुत उम्मीद है
कि सुलझा लेंगे हम
अपनी उलझी गुत्थियों को

तुमको अपनी बात रखने का
सबसे उपयुक्त अवसर
यही है
और एक-दूसरे को
समझने का भी

मेरे मन में

मेरे मन में
पनप रहे हैं
कई मौसम
कभी वर्षा होती है
कभी ठण्ड पड़ती है
कभी लू चलती है
मेरी कोशिश रहती है
कि बसन्त ज़रूर आये
फूल खिलें
ज़मीन की घास भी
रंगीन हो जाये
मेरे मन में
टूटकर गिरता है तारा
नदी सूख जाती है
बाढ़ आती है आँसुओं की
धुआँ उठता है
मेरी कोशिश रहती है
कि रचना रुके न
बिखराव में
फिर से
नया जीवन आ जाये
मेरे मन में
दिल ढल जाता है अक्सर
और रात लौट आती है
कोई रोता है
अकेले में
मेरी कोशिश रहती है
कि उजाला फिर लौटे

मुस्कुराकर
शुरू हो जाए
हैलो हाय

आओ! प्यार-प्यार खेलें

आओ! नदी के साथ चलें
बादलों के साथ उड़ें
चिड़ियों के साथ चहकें
फूलों की तरह महकें
ताज़ी भोर से
अपनी-अपनी अँजुरी
भर लें

आओ!
उगते सूरज का
स्वागत करें
सौंप दें उसे
दिन का कारोबार
ताकि
सबको मिले
उनका हक़
उनके हिस्से का प्यार

आओ!
आँसुओं को
खिलखिलाहट में बदल दें
रात को चाँदनी से
नहला दें
दुःख की लम्बी चादर पर
सुख की
लेयर चढ़ा दें

आओ!
प्यार-प्यार खेलें
इनको-उनको भी
साथ ले लें

तुम आओगे न!

कल सुबह
जब चिड़ियाँ उतरेंगी
पेड़ों के नीचे
दानों की तलाश में
तुम आओगे न!
उनके लिए

कल शाम
जब मछलियाँ
घाटों के समीप आयेंगी
आटे की तलाश में
तुम आओगे न!
उनके लिए

कल रात
जब निकलेगा
पूर्णिमा का चाँद
अपनी पूरी
भव्यता के साथ
तुम आओगे न!
हमारे लिए

तब भी
जब हम रहें
या न रहें

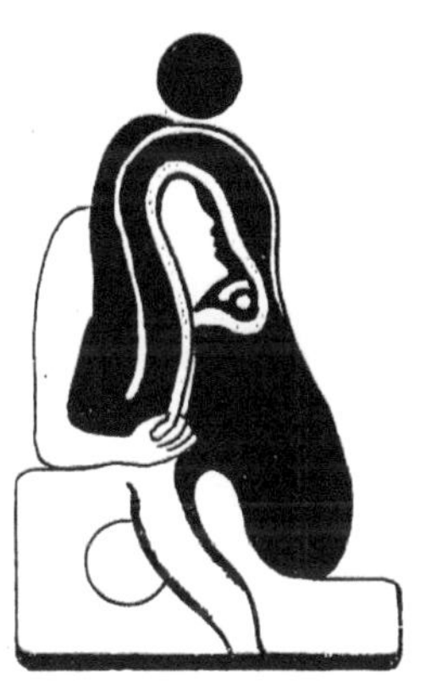

बिना शीर्षक के

माँ

तुम्हारे हाथ हिला देने के बाद
अपनी नीव से उखड़ गया मैं
मेरा सफ़र
और लम्बा हो गया
एक डोर
जो सबको बाँधे थी
ढीली हो गयी
अपनी ही ज़मीन पर
खड़ा मैं
पत्तियों फूलों से विहीन
ठूँठा पेड़ हो गया

माँ
तुम्हारे चले जाने के बाद
एक संस्कृति चली गयी
खिलाकर खाने की
सुलाकर सोने की
दही-गुड़ खिलाकर
विदा करने की
गले लगाकर
रो लेने की

माँ
तुम्हारे न रहने पर
सूख गये नीम-पीपल
चिड़िया नहीं उतरती
दाना चुगने
कौओं ने संदेश देना बन्द कर दिया

माँ
तुम्हारी ज़मीन पर
तुलसी के पौधे की जगह
दीवार खड़ी हो गयी है
रिश्तों के बीच
लोक जीवन से
संगीत रूठ गया
ऋतु गीतों का
सिलसिला टूट गया

बच्चे कहाँ हैं

बच्चे कहाँ
खेल रहे हैं
कौन-कौन से खिलौने
उन्होंने पसन्द किये हैं
उनकी सूची में
दादा-दादी
माता-पिता
भाई-बहन
हैं या नहीं

बच्चे
क्या खा-पी
रहे हैं
कहाँ
नाच-गा रहे हैं
क्या पढ़
रहे हैं
क्या देख
रहे हैं

उनकी सूची में
सहिष्णुता
मानवता
सद्भाव
है या नहीं

बिना शीर्षक के

तुम तो शीर्षक थे
मेरी लम्बी कहानी के
अब वह
डाल से टूटे पत्ते की तरह
उड़ रही है
यहाँ-वहाँ
लावारिस
कुछ लोग जो पहचानते हैं उसे
बता देते हैं
किस डाल का
टूटा पत्ता है वह
कुछ जो नहीं जानते
पता, पहचान पूछते हैं
वे उस डाल तक
पहुँचाने की कोशिश भी करते हैं
परन्तु अब वह
पेड़ ही नहीं रहा
जिसकी डाल से बनी थी कहानी
अब तुम भी तो नहीं हो
उस कहानी के शीर्षक

वह कहाँ गया

अभी यहीं था
हँस रहा था
उसका नाम सूरज था
कहाँ गया
वह अच्छा -भला था
फिर प्रकाश को भी
अपने साथ
क्यों लेता गया
इस अँधेरे का क्या करूँ
वह इसे यहाँ
क्यों छोड़ गया
किसी से सुबह मिला
किसी से दोपहर में
ख़ूब सब्ज़बाग़ दिखाया
शाम को अलविदा
क्यों कह गया

अतीत से बाहर

तुम डायरी के
ख़ूबसूरत पन्नों के साथ
ख़ुश होने का
प्रयास छोड़कर
कदाचित् बाहर
खुली हवा में साँस लेते
अक्षर से शब्द बनते
एक नया अर्थ देते
जैसे कि यह प्रकृति
बदल लेती है अपने को
हर बार
अतीत को छोड़कर
निकल आती है
नये मौसम के स्वागत में
नये बिम्ब तलाशती
सजीव, नये परिधान में
किसी मोह से मुक्त
सिर्फ़ वर्तमान के साथ

धरती

धरती
मिट्टी-पत्थर-पानी
सबके साथ
क़दम मिलाकर
चलती है
जबकि सबके सब
रूप बदलते हैं
सबकी
अपनी-अपनी
चलती है

सभी कोसते
धरती को
पर पता सभी को है
किसकी ग़लती है
धरती तो
माँ है
गर्भ में उसके
जीवन-ज्योति
पलती है

मनमानी दोहन
छेड़छाड़
कितना सहती है
फिर भी
नहीं टूटती
केवल हिलती है

आनन्द

मेरा आनन्द
खो गया है
आपके पास हो तो
लौटा दीजियेगा
उसकी पहचान
बता पाना मुश्किल है
उसका चरित्र
बता पाना मुश्किल है
एक बात उसके बारे में
सभी जानते हैं
वह जिसको अपना समझता है
उसके साथ चला जाता है
कहीं वह आपके पास तो नहीं!

एक नदी बहती है

यहाँ किनारे से
एक नदी बहती है
जैसे कोई माँ
अपने बेटों से
लोककथा कहती है
आओ! मुझसे जुड़ो
और मेरी निर्मलता ले लो
संगम बन जाओ तुम सब
प्रेम और सहृदयता ले लो
प्यार बहुत दूँगी
झोली भर दूँगी
सुबह तुम्हारी मैं
सतरंगी कर दूँगी
वह आशीष हमेशा
हमको देती रहती है
यहाँ किनारे से
एक नदी बहती है,
गंगा है वह
यमुना से
घुल-मिल जाती है
फिर गलबहियाँ डाले
साथ निकल जाती है
शीश नवाये लोगों को
अमृतपान कराती है
संतों-पीरों को भी
असली धर्म सिखाती है
सबकी है, सबके लिए
रात-दिन बहती है

यहाँ किनारे से
एक नदी बहती है,
नया-नया इतिहास यहाँ
बनते-मिटते देखा है
छोड़ा नहीं प्रेम का पथ
सबके लिए
नये जीवन की रेखा है
कुम्भ वहीं लग जाता है
फैलाकर बाँहें जब मिलती है
यहाँ किनारे से
एक नदी बहती है

सुनो बसंत!

सुनो बसंत!
तुम्हारे आने पर
अब क्यों नहीं होती
पहले जैसी
कोई हलचल
कोई ख़ुशी
तुम्हारे स्वागत में,
एक ख़ामोशी-सी
पसर गयी है
जैसे सम्बन्ध ही न हो
किसी का किसी से
जैसे नाराज़गी फैली हो
और पेड़ों ने उतार दिये हों
अपने वस्त्र
पुराने जीर्ण-शीर्ण
सुनो बसंत!
तुमने कोयल की कूक सुना?
मोर को नाचते देखा?
तितलियाँ कहीं मिलीं
कहाँ चले गये सब
तुम्हें अकेला छोड़कर
तुम्हारी आगे की यात्रा में
कहाँ चूक हुई / क्या पीछे छोड़ आये
कि मन ही नहीं करता
तुम्हें देखूँ / मुस्कराऊँ / हँसूँ
और तुममें भीग जाऊँ
तुममें डूब जाऊँ
तुम्हारे रंग में शराबोर हो जाऊँ

अन्त में

मैं निरन्तर
खोज रहा हूँ
उन शब्दों को

वे शब्द
जिनसे खड़ा कर लेता था
तुम्हारी सम्पूर्ण
आकृति

वे शब्द
जो तुम्हारी ओर गयी
ध्वनि की
प्रतिध्वनि बनकर
लौटते थे

वे शब्द
जो तुम्हारे और मेरे बीच
आलिंगन की
यात्रा तय करते-करते
अनुनाद
हो जाते हैं

वे शब्द
जो अब तक
अलविदा कहने को आतुर हैं
मैं आख़िरी बार मिलना चाहता हूँ
उनसे

नमस्कार!

अच्छा तो चलते हैं!
फिर कब मिलोगे?
पता नहीं।
मिलना ज़रूर।
कुछ कह नहीं सकता।

मेरा पता जानते हो
पत्र लिखना।
कुछ कह नहीं सकता।
मेरा मोबाइल नम्बर जानते हो
फोन करना।
कुछ कह नहीं सकता।
तो एक रात रुक जाओ।
रुक नहीं सकता।

फिर जाओ।
परन्तु इसे भी अपने साथ
लेते जाओ
यह है तुम्हारा 'नमस्कार'
इसी से तुमने मुझे जोड़ा था।

कवि परिचय

भोलानाथ कुशवाहा

उत्तर प्रदेश के मिर्ज़ापुर जनपद स्थित राजपुर ग्राम (सदर तहसील) में जन्में भोलानाथ कुशवाहा की साहित्यिक निर्मिति दो शहरों, मिर्ज़ापुर और इलाहाबाद की है। इनकी जन्मतिथि 7 जुलाई 1950 है। इनकी साहित्य-लेखन की यात्रा को गति इलाहाबाद में सन् 70-80 के दशक में मिली। उस काल में छन्दमुक्त समकालीन कविता मुखर होकर छायावाद के समक्ष खड़ी हो चुकी थी। भोलानाथ कुशवाहा ने समकालीन कविता का रास्ता चुना। इनका पहला कविता-संग्रह 'कब लौटेगा नदी के उस पार गया आदमी' सन् 2007 में प्रकाशित हुआ। दूसरा कविता-संग्रह 'जीना चाहता हूँ' सन् 2008 में और तीसरा कविता-संग्रह 'इतिहास बन गया' सन् 2010 में प्रकाशित हुआ। कविताओं के साथ ही इन्होंने दोहे, ग़ज़लें, कहानियाँ, नाटक भी लिखा है। इनकी रचनाएँ और पुस्तकों की समीक्षाएँ देश की प्रमुख पत्र-पत्रिकाओं में प्रकाशित होती रही हैं। प्रतिष्ठित पत्रिका 'सारिका' के लघुकथा विशेषांक में इनकी लघुकथा शामिल थी। जानी-मानी संस्थाओं हिन्दुस्तानी अकादमी, हिन्दी साहित्य सम्मेलन, उत्तर मध्य सांस्कृतिक केन्द्र, नेहरू युवा केन्द्र आदि के मंचों पर काव्यपाठ के साथ ही इनकी कविताओं का प्रसारण आकाशवाणी एवं दूरदर्शन से भी होता रहा है। इन्होंने इलाहाबाद के कई नाट्य मंचों पर अभिनय भी किया है। जाने-माने नाटककार डॉ लक्ष्मी नारायण लाल के निर्देशन में एक माह के 'वर्कशाप' के दौरान उनके नाटक 'बलराम की तीर्थयात्रा' में अभिनय कर चुके भोलानाथ कुशवाहा ने इलाहाबाद में 'शृंखला' एवं मिर्ज़ापुर में 'रचना' संस्था का संयोजन कर काव्य जगहट को बनाये रखा। इनका व्यक्तित्व बहुआयामी रहा है। इन्होंने जहाँ तेलगू, तमिल, बँगला आदि भाषाओं का अध्ययन किया वहीं संगीत (सितार) की शिक्षा भी ग्रहण की। वह पत्रकारिता के क्षेत्र में कई समाचार-पत्रों से होते हुए हिन्दी दैनिक 'भारत' के रास्ते प्रयागराज (इलाहाबाद) में 'आज' दैनिक तक पहुँचे, जहाँ से सन् 2012 में समाचार सम्पादक के दायित्व से मुक्त हुए। इन्हें जयपुर का राजेन्द्र बोहरा स्मृति काव्य पुरस्कार सहित अनेक सम्मान मिलते रहे हैं।

सम्पर्क-

बाँकेलाल टण्डन की गली, वासलीगंज, मिर्ज़ापुर-231001 (उ0प्र0)

मो0 91-9335466414, 91-9453764968,

Email-bnkmzpup@gmail.com

www.ingramcontent.com/pod-product-compliance
Ingram Content Group UK Ltd.
Pitfield, Milton Keynes, MK11 3LW, UK
UKHW041823200726
13854UKWH00002BA/531